인생급행 열차

박 윤 신 시집

동학사께

머리말

　쉬지 않고 달리는 인생열차는 어느새 칠십 고개를 넘어 노을
진 석양 길을 달리고 있습니다.

　태양이 서산을 넘으면 어둠이 짙게 깔리는 긴 밤이 오겠지요.
다행스럽게도 종착역에 도착하기 전에 늦게나마 시세계에 다시
태어나 이 아름다운 세상을 살아간 족적을 남기게 되어 기쁩니다.

　첫아이 낳는 정성으로 시집을 탄생시켰습니다만 새내기 농사
꾼의 서툰 솜씨라 시라고 읽을 만한 알곡이 몇이나 있을지 걱정
이 앞섭니다.

　저를 시의 세계로 이끌어 주시고 이 책이 출판되기까지 정성
으로 지도해 주신 황송문 교수님께 깊은 감사를 드립니다. 문화
센터에서 열심히 지도해주신 임미옥 선생님과 행여나 하여 노
심초사 걱정해주신 문학사계 선배문우님들께도 감사드립니다.

　아직은 천방지축 모이를 찾는 햇병아리지만 노을에 아름답게
빛나는 시가 늘 샘물처럼 솟아날 수 있는 시인이 되도록 더욱더
노력하겠습니다.

단기4350년(서기2017년)

박 윤 신

차 례

• 머리말

제1부

제2부

제3부

제4부

제1부

세월이 가면

세월이 강물처럼
흘러간다면
나도 강물처럼 흘러가리.

세월이 새처럼
하늘을 훨훨 날아다닌다면
나도 새처럼 날개를 펼치리.

세월이 석양 속으로 숨어
티끌을 태우면
나도 타오르는 노을이 되리.

내 삶은 하나의 조각배
세월 따라 흐르다가
멈춘 곳에서 고요히 잠들으리.

인생급행열차

인생열차는 쉬지 않고 달린다.

종착역이 가까워질수록
속도는 오히려 높아지고 있다.

삼십대에는 달리고 싶어도
30km로 밖에는 속도를 낼 수가 없었다.

칠십대를 건너니 천천히 걷고 싶어도
70km이상 달리며
제동장치도 점점 말을 듣지 않는다.

낙엽은 바람에 흩날리고
가을은 점점 깊어 가는데
종착역엔 겨울이 기다리고 있다.

엄동이 깊을수록 나무는 옷을 벗고
사람들은 나무 흉내를 낸다.

사제복 입은 까마귀는 저승사자
인간세상을 굽어보며
인생의 간이역에서 지저귀고 있다.

가오가오 가악가악⋯⋯.

우덕송 牛德頌

화물차에 실려
불안한 눈망울로 먼 길 떠난다.

커다란 덩치 고삐에 끌려
쟁기 메고 논밭 갈고
수레를 끌며 짐을 옮기고
평생을 복종했는데…….

목에 걸린 워낭
흔들리는 슬픈 여행길에
딸랑딸랑, 그 소리는 변함없는데
끝내 육신이 맡겨질 곳은
핏빛 붉게 물든 푸줏간 진열대.

버림받아도
미움이나 원망도 없이
서러운 마음 눈물로 씻어내고
맺힌 슬픔은 되새김질로 삭힌다.

마지막 살 한 점 뼈 한 마디까지
모두 내어주고 떠날지라도
언제나 평정심을 잃지 않으며
고난의 십자가를 홀로 지고 간다.

나목裸木

가진 것 다 내려놓고
눈보라치는 엄동을
맨몸으로 견디고 있다.

자식 위해 속살 다 내어주고
푸른 잎새 펄럭이던
여름의 끝자락
위대한 계절을 회상하는 낙으로

찬바람이 가지를 흔들어도
함박눈이 어깨를 짓눌러도
시린 사연은 가슴에 묻어둔 채

여윈 가지에도
푸른 잎 싹틀 날 꿈꾸며
등 시린 긴 밤을 홀로 새운다.

항아리

간장이 선禪에 들던 날
정화수로 치성 드리던
어머니의 정성이 담긴 장독대에
연화좌蓮華坐로 하늘을 우러른다.

볕 좋은 날에는
달여지는 맛 속에 행복을 섞고
달 밝은 밤이면
달빛에 묻은 그리움 함께 삭혔다.

폭풍우가 온 세상을 뒤덮는다 해도
쏟아지는 빗물은
가슴으로 흘려보내고
몰아치는 강풍도 떠나보냈다.

언제 바라보아도
청순 고아한 자태
비어도 슬픔이 고이지 않게
가슴에 늘 허공을 담고 산다.

빨래

욕망으로 얼룩진 생활을
세탁기에 돌려서
세속의 때를 씻어내고

해묵은 원죄까지
모두 헹구어낸 후에
투명한 하늘 밝은 햇볕아래
깨끗한 빨래로 널리고 싶다.

씻겨나간 오욕칠정이
설익은 삶을 교정하고
비누거품에 거듭나리.

나 어디서나
한 점 부끄럼 없는
하얀 빨래되어
흰 구름 머무는 하늘자락에
평화의 만국기로 나부끼고 싶다.

매미울음

캄캄한 땅 속에서
빛 볼 날을 꿈꾸며 살아온
기나긴 인고의 세월.

어둠을 비집고 나와
우화羽化할 때부터, 그는
구가하는 축복을 부여받았다.

아무리 짧은 목숨이라도
나 이렇게 살아있다고
온몸으로 토하는 노래.

죽음의 애가哀歌인가
생명의 찬가讚歌인가

생을 마치는 그 순간까지
오직 뜨거운 열정으로
세상을 향해 당당히 노래하리라.

돌탑 조약돌

고갯마루 서낭당 지날 때마다
조약돌 얹어놓고
소원성취를 빌었다
국교도, 명자도, 나도…….

돌무더기엔
수많은 소원이 쌓였다는데
나의 돌은 몇 번째일까.
기다림은 세월에 묻어두고
우리는 뿔뿔이 흩어졌다.

모래성을 쌓고 허무는
인생길을 걷다보면
문득 생각나는 고향,
머리카락까지도 향수에 젖는다.

소꿉친구 그리워
추억의 오솔길을 따라왔더니

오색헝겊 춤추는 서낭당
돌탑의 조약돌만이 나를 반긴다.

두더지

옛날 옛적부터
하늘을 보지 못하고 살았다.

깊은 땅속을 달리는
전동차 바퀴소리…….
아스팔트 바닥에 얼굴을 묻고
긴긴 세월을
지하에서 살았다.

어둠속을 헤매는
콘크리트에 갇힌 삶
쥐구멍에 볕들 날 기다리며
긴 터널을 뚫며 살았다.

어제도 오늘도 암흑이지만
내일은 광명천지
인생의 새로운 여울목
돌 틈새에 솟아난 풀잎사이로

별이 반짝이고
저 멀리 여명의 끝자락엔
아름다운 세상이 다가오고 있으리.

당신의 가슴속에는

당신의 가슴속에는
한숨이 몰래 자라나 보오.
부모공경 자식사랑 도맡았던 날들
술잔에 묻어나는 한숨에
내 마음도 녹아내리오.

당신의 가슴속에는
녹음기를 몰래 숨겼나 보오.
끊어진 기억의 테잎에 새겨진
말씀들을 담아
내게 다시 되돌려 주나보오.

당신의 가슴속에는
보살님이 살고 계시나 보오.
어쩌는 도리 없이
쩔쩔매는 내 모습을
금세 환한 미소로 감싸주오.

부부라는 이름의
가슴속 깊이 흐르는
긴 세월의 사연들
하늘의 별처럼 빛나고
저 달도 부러워 기웃거리오.

울돌목

바다가 울고 있다.
열 두 척의 배로
백서른세 척의 왜선倭船을 물리친
눈물겹고 감동적인 전투
그날을 못 잊어 소리치는가.

대장군전, 단석, 화포, 군 란탄
열두 척에서 내뿜는 포화砲火에
돌진하던 왜선들은
속절없이 무너져 내렸다.

해협海峽에 나동그라져
거센 소용돌이 속으로 침몰하는 왜적선
그 속에서 울부짖는 왜군들……
눈뜨고 볼 수 없는 참상慘狀이었다.

아직 열 두 척의 배가 있으니
나는 죽지 않았노라며

죽고자 하면 살고 살고자하면 죽는다는
필승의 신념으로 조국을 지키신
충무공의 넋이 살아 바다가 울고 있다.

연해주 소나무

오랜 세월을
정신없이 불어대는 강풍을 견디며
구부러지고 뒤틀린 채
외로이 서 있는 본향의 표상

고려인 후예의 가슴에
안타까운 싹으로 번지는
회오리바람 이는 모국의 향수
옹이 마디마디 고독이 묻어나고
바늘잎 같은 그리움이 고였다.

연해주에서 레닌그라드로
카자흐스탄에서 우즈베키스탄으로
고난의 십자가 짊어진
디아스포라의 삶이었지만
뿌리 혼만은 조국에 묻고 싶었다.

비바람 몰아치는 연해주 언덕에
구부러지고 뒤틀린 몸
꿋꿋하게 홀로 서있다.

어머님전상서

홍동백서紅東白西, 어동육서魚東肉西
차려놓은 제상祭床위에
황촉黃燭불 밝혀놓고
어머님 전에 술잔을 올립니다.

어머님 계신 곳에도
담장 밑 감나무엔 홍시 열리고
봄, 여름, 가을, 겨울
꽃피고 새가 우는 아름다운 세상이겠지요.

먼저 떠난 줄 모르시고
애타게 기다리느라
눈감지 못한 채 길 떠나셨는데
큰형, 작은형은 만나셨는지요.

손자손녀들의 아들딸
귀여운 증손들이
영전靈前에서 재롱떠는 모습
촛불에 녹아내린 눈물로 반기시나요.

어머님이 밝혀주신 촛불은

내 삶의 푯대

가슴을 활활 태우는 그리움 쫓아

극락정토極樂淨土 꿈의 세계로 밤새 달려갑니다.

농심農心

알곡과 쭉정이도 분별 못하는
새내기 농부가 뿌린 씨앗
땅속에 잠들어 깨어날 줄 모르고

지난 가뭄 노심초사勞心焦思
아침저녁 흘린 땀은
잡초만 무성하게 키우고 있었네.

모두가 풍작이라 웃음꽃 피울 때
새내기 농부는 묵밭자락에서
하늘만 쳐다보고 한숨짓지만

한술에 배부르겠느냐며
용기를 내어
알찬 시 노적가리 추수하려고
정초부터 마음의 텃밭을 깊이갈이하네.

재래시장

광명재래시장은
언제나 시골 오일장
시끌벅적 사람 사는 냄새가 난다.

꼴뚜기 판치는 어물전에는
비릿한 바다 냄새
산나물 파는 아낙네 치마폭에는
봄바람이 살랑살랑

싸요! 싸!
외치는 옷 파는 사내
몰려오는 구경꾼 향해
목소리를 높인다.

욕쟁이 할머니 집
목로주점은
동동주 한 잔으로
세상을 읽어가는 인생복덕방

꿈을 안고 고향을 떠나
시골 냄새 그리운 사람들
멀리서 버스로 전철로 이곳을 찾아
추억 한 아름 가슴에 담는다.

인동초忍冬草

긴 겨울 시린 바람을
얇은 이파리 몇 개로 막아내며
얼음 깔린 벼랑을 기어오른다.

북풍한설에 뼈가 시려도
푸르름 간직한 채
묵묵히 견딘 인고忍苦의 세월,

봄이 오면 새싹이 트고
금은화로 아름답게 피어나
온 세상에 짙은 향기를 뿌린다.

먹구름 걷히지 않는 세상
아름답게 꽃필 날 기다리며
겨우내 참으며 살리다.

달 항아리

임 생각에
그리움 달빛에 싣고
잠 못 이루는 순백의 여인.

채워도 채워지지 않는
텅 빈 가슴엔
기다림만 차오르고……

달 밝은 밤이면
풀벌레 소리에 잠 못 이루고
먼 하늘 바라보며 한숨짓네.

미움도 원망도
고요한 달빛에 묻고
임 향한 연정만
가슴에 품고 사는 조선 여인.

회상回想

밤을 수놓은
밀어들이 은하수로 출렁일 때

헤어짐이 아쉬워
안개 낀 새벽길을
하염없이 걷곤 하였다.

세월은 흘러도
가슴 속에 또렷한
추억의 그림자 하나

그리움이 강물 되어 흐르는
애달픈 첫사랑이 있었다.

갯바위

철석!
뺨을 치고 간 너울에
눈 흘기며
멀리 수평선을 바라보고 있다.

언덕너머 저편에
강물 따라 흘러온 조약돌
오랜 날 갈고닦아
얼룩진 때 벗고
보석으로 반짝이는데

갯벌에 누워서
긴 세월 씻기고 또 씻겨도
이끼로 온 몸을 덮고
묵묵히 내일을 기다린다.

파도가 밀려간 아침이 오면
잔잔한 바다에 미끼를 던져

보석의 시 한 수 낚아 올릴

어부가 되리라고…….

첫걸음 떼기

기어 다니던 아이가 걷겠다고 일어서더니
한 발짝 앞으로 내딛는 순간
콰다당 탕!
방바닥에 사정없이 나동그라졌다.

한참동안 꼼짝하지 않던 아이는
다시 일어나서
그 짓을 몇 번이고 반복하더니
또다시 콰다당 탕!

돌 마악 지난 손주
할아비 할미 아비 어미와 고모들
온 식구 앞에서
뜻을 이루지 못하고
끝내는 분한 듯 울음을 터트렸다.

잘한다! 잘한다!
한번만 더! 한번만 더!

온가족의 응원에도
오늘은 비록 일어나지 못했지만
내일은 반드시 일어나리라
꿈속에서도 발버둥을 쳤다.

용인공원에서

– 호문을 보내며

봄이 오면 행운유수
유람이나 하자더니
여름 태양이 식기도 전에
왜 그리 급하게 떠나 버렸소.

구구 팔팔 이 삼사가 어떠냐며
껄껄 웃던 모습이 눈에 선한데
대답 없는 메아리가
숯검정 가슴을 눈물로 채우다니

길모퉁이에 고개 숙인
때 이른 코스모스 한 송이
서글픈 이별의 손 흔들고
하늘도 눈물을 뿌리는구려.

다시 못 올 머나먼 길
산허리 저 구름에 머물다 가소서
비오는 날이면

내 마음을 실어
극락으로 보내오리다.

제2부

우정友情

진열장 안 빵들이
비어있던 속을 자극해
까마득한 추억 속으로
손짓하고 있다.

몽당연필이
책가방 필통 속에서 울던 시절
누더기 교복 낡은 운동화와 함께
어둠속에 갇힌 삶

호호 불던 어린 손에
장갑을 끼워주고
주린 배를 빵으로 채워주던 동심이
아름다운 세상을 만들고 있다.

끝없는 터널 속에서도
비바람 몰아치는 폭풍 속에서도
아름다운 세상을 먹고 자란 아이는
내일을 향해 힘차게 걸으리라.

전철 안 풍경

전철 안 천장에서
하루살이가
나래 짓을 하고 있다.

역마다 타고 내리는 인파로 물결치고
사람들은 선채로 앉은 채로
휴대폰 요지경 속 세월 낚기 바쁜데
술 취한 젊은이 따라
창밖 가로등도 졸고 있다.

"쯧, 쯧.
젊은 놈이 버릇없이 노인석이라니……."
백발도 계급인 양 혀를 차는 소리 사이로
"예수를 믿으세요! 천당 가세요!"
전철 바퀴가 더욱 굉음을 울린다.

"다음 정차 역은 구로입니다."
차내 방송에 깜짝 놀라 잠을 깨면

이미 내릴 곳 지나친
하루살이 벗 삼아 고향으로 떠난다.

태아胎兒에게

세상으로 나오려고
발길질을 하지만
그게 엄마 복중이란다.

험난한 세상 나오기를
조바심 하지 말거라.
엄마 복중에서 온전한 몸이 되어야
세상으로 나올 수 있단다.

세상을 잘못 태어나면
평생을 장애인으로 살아가야할
슬픈 운명일지도 모를 일
세상으로 나오는 날까지
보석처럼 맑은 눈으로
세상보기를 게을리 하지 말거라.

먼 훗날
엄마의 정성을 담아

구름타고 바람타고 꽃송이처럼
세상에 곱게 태어나거든
밤하늘에 반짝이는 별이 되고
밝은 세상 비추는 시가 되어라.

고백

예전엔 미처 몰랐습니다.
봄이 가면 여름이 오고
가을 겨울 사계절이 순환하는
평범한 진리를…….

폭풍에 찢긴 옷깃 여밀 새 없이
허둥지둥 달려온 삶이 고달파
험한 고갯길만 있는 줄 알았습니다.
그땐 그런 줄만 알았습니다.

지하 콘크리트 터널 속
숨이 차 헐떡이는 기적소리에
놀란 가슴을 여미면서도
내 삶이 그런 줄 알았습니다.

흐르는 냇물에 등 떠밀려
산굽이 돌아 칠십리 길
먼 길 달려와 보니
고향내음 향긋한 하늘과 맞닿은 곳

창 너머 저 멀리 고갯마루
꽃들이 춤추고 새들이 노래하는
이토록 아름다운 세상인 것을…….

별이 빛나는 밤에

별이 빛나는 밤에
숲속엔 벌 나비 품은 꽃들이
새근새근 잠든 밤
오솔길 따라 숲을 헤맨다.

엄마별 아빠별 아기별
한 소쿠리 담아놓으면
까막까치 한입 물고
은하수 너머로 날아가리.

잃어버린 세월에 매달린 삶
칠십 리 고갯길에서
추억이 남긴 발자국 따라
향수에 젖는다.

진달래꽃 피고 새가 울고
별이 빛나는 밤에
내 고향 뒷동산으로
꼴망태 둘러메고 별 따러 가리.

낚시

바닷가에서
파도의 흰 거품사이로
물 속 깊이 낚시를 담그고 있다.

대어를 잡고 싶은 욕심에
조바심만 되새김질하고
낚싯줄에 걸린 것은
서툰 솜씨뿐이네.

사무사思無邪 다짐해 보지만
설익은 땡감 신세
까치밥 될 때까진 멀기만 한데

가는 세월 잡는다고
멈추랴마는
강태공이 세월 낚듯
너울대는 물결 속에서
싱싱한 시 한 수 건지고 싶다.

그대에게

당신 그리는 마음
꿈속에서 별이 되고
달도 되었다가
문틈사이로 속삭이는
바람 한 줄기 되었습니다.

수줍어 말 못한 수많은 날들
하나둘씩 돌로 모아
내 가슴속에 그리움의
탑을 쌓았습니다.

강물 따라 흐르는 세월에
등 떠밀려 떠돌다가
늦은 밤 고희古稀 여울목에서
멈추게 되는 발길

많고 많은 말들 중에서 고르고 골라
새까맣게 타버린 가슴을 열고

이제는 속에 숨겨두었던
그 말 한마디 꺼내어 보이리다.

모정母情

제상祭床 위 촛불 속에
내 앞길 밝혀주시던
어머니의 삶이 스쳐간다.

행여
자식이 길을 잃고 헤맬까
온몸을 녹여 어둠을 밝히시던
어머니

오늘 밤
영전靈前에 녹아 흐르는
촛불 속에서
넘치는 사랑의 목소리를 듣는다.

모정母情의 불꽃은
내 가슴속 희망의 불씨가 되어
꺼지지 않는 촛불로
영원히 길을 밝혀 주시리라.

가로등

고갯길 언덕 위에
홀로 서서
길 떠난 자식 생각에
시린 눈시울에 눈물 고이는가.

태풍 몰아치는 밤이면
쏟아지는 빗줄기에
밤새도록 온몸이 젖어도
행여 길 잃을까
부릅뜬 안광으로 길을 밝힌다.

빌딩숲, 아파트에 묻힌
어둠 깃든 길모퉁이를
어이 홀로 밝히고 있는가.
그 오랜 세월을……

깊은 밤
못난 자식 이승의 미련 때문에

아직도 잠 못 이루고
나의 창을 바라보는 쓸쓸한 눈길.

초승달

차창에 매달린 채
내 뒤를 따라오는
초승달은 어머니 모습

지친 몸
까맣게 타버린 가슴
휘어진 등허리로 감싸고
그 모습 숨긴 채

떨어져 나간
손톱 같은 실눈으로
내 앞길 비추느라
얼마나 힘이 드실까.

그리움이
달빛에 묻어
텅 빈 가슴을 가득 채우고
강물 되어 출렁거리네.

삶

– 푸성귀

조그만 옥상 텃밭에서
옹기종기 모여
하늘을 우러러 조잘대는 푸성귀
척박瘠薄한 땅에서 잘도 자랐구나.

혼탁한 세상
공해에 찌들고
벌레에 찢기는 아픔뿐이랴
태양에 목마른 갈증도 참아냈겠지.

예수가 십자가 메고
골고다 언덕을 오르듯
삶이 고난의 연속일지라도

어둠속 힘든 세상 견디다 보면
비갠 하늘에 무지개 뜨고
저 멀리 여명의 끝자락에
내일의 태양이 밝아 오리라
파릇한 목소리로 예언을 한다.

낡은 의자 1

늙은 잔등을 내밀어
세파에 시달린 내 일상에
안식처가 되었던 당신

관절 마디마다
삐걱거리는 신음소리
홀로 가슴에 담고 살아온 길
고단했던 삶의 자국으로 남았다가

늙고 병든 몸
길바닥에 버려져
폐기물 딱지 한 장에
쓰레기차에 실려 먼 길 떠난다.

쓸모없어 버림받고도
원망도 후회도 없는
저 평온한 얼굴 위로
등 굽었던 아버지의 삶이 포개진다.

낡은 의자 2

병든 어머니의 손발로
철없는 자식들의 쉼터로
한 번도 누울 새 없었던 당신

온몸 군데군데 상처에다
신경통 관절염으로
움직이는 종합병원신세가 되어
삐걱대는 한숨은 일상이 되었다.

어머니 먼 길 떠나시고
아이들 둥지를 떠나가도록
세월에 얼룩져 방안에 흩어진
고단했던 삶의 발자국들

아직도 늙은 잔등으로
당신은 나의 편안한 쉼터
엉덩이 밑에서 힘겨워해도
아름다운 황혼의 발자국 무늬.

이발소에서

번뇌 많은
지난 세월
싹둑 싹둑 잘라내고

남은 인생 흰 뿌리는
까맣게 염색을 한다.

까칠한 턱수염도 면도하여
얼굴 곱게 다듬고

거울 앞에 서면
언제나 청춘

지친 내 일상에
햇살이 내린다.

경마競馬

말들의 반란인가
병든 무명말의 우승으로
천 원짜리 한 장의 마권馬券에서
천배나 넘는 횡재橫財를 했다.

마음 한구석에 밀려오는 때늦은 후회
동그라미 하나 덧붙인 만큼 더 구할 것을······.
밤이 깊어갈수록
동그라미는 하나 둘씩 덧붙여지고

사막의 신기루蜃氣樓처럼
시시각각 밀려오는 황금의 유혹
유혹의 끈에 얽히고설킨 수렁에서
일확천금의 꿈은 부풀어 간다.

경마에 인생을 걸었다가
패가망신 후 알몸으로 분신한
어느 경마광競馬狂의 슬픈 이야기는
우리들 가슴에 경종을 울리는데

오늘도
말발굽에 흙먼지 자욱한 경마장은
군중들 함성소리로 하늘을 덮는다.

봄을 기다리며

하늘이 계절을 잊은 듯
입춘을 지나 우수가 가까워지도록
봄이 오는 길목은
흰 눈으로 덮여있다.

눈 덮인 냇가
얼음장 밑으로 흐르는 물이
졸졸졸 소리 내며
살며시 봄소식을 귀띔해주네.

엄동嚴冬에 잠자던 일상日常이
눈 비비며 봄을 기다린다고

아직은
목련가지 꽃눈 틔우다 움츠리고
새싹들 땅속으로 몸을 숨겼지만

머지않아
먼 산에 진달래 피고
아지랑이 아른거릴 거라고, 그때쯤이면
내 마음에도 파란 싹이 돋아날 거라고.

그대 떠난 자리에

그대 떠난 자리에
화해和解의 씨앗을 심었어요.

그대와 함께 머물던 시간
이별이란 아픔에 산산이 부서지고
미련만 남은 자리엔
세월의 강물이 흘러갔어요.

그대 떠난 자리
세월에 묻어두었던
추억의 날개를 달아
꿈결처럼 날았어요.

그리움으로 일군 밭을
기다림으로 주름이 깊도록 가꾸고
그대처럼 아름답게 피어나는
사랑의 꽃밭이 되었어요.

새벽

나보다 먼저
잠에서 깨었나보다.

눈 비비며 창문을 열어보니
어느덧 벌써
떠오르는 태양을 마중 나왔네.

창문 사이로
안개를 몰고 가던 바람이
얼굴을 휘감아 돌아도

그와 더불어 깨어있는 나는
푸른 하늘을 마시며
남은 샛별 몇 개 가슴에 심네.

일기

오늘 하루
지나온 발자국 따라
그 흔적痕迹을 일기장에 남긴다.

아무도 모르는 나만의 비밀
온 세상 어지럽히듯 적어놓아도
백지白紙는 말없이 받아준다.

먼 훗날
추억의 삶 조각 그리울 때면
낡은 세월의 무늬가
벽화로 새겨진 동굴을 찾으리.

빛바랜 벽화 속엔
그 옛날 하루하루가
흑백사진 속 내 모습처럼
아련히 비춰지겠지.

해우소

온몸으로
세상 허물 받아주시던
어머니 가슴처럼
헤아릴 수 없이 넓고 깊은 곳

몸속에 가득 쌓인
온갖 오물을 받으면서도
미소 짓는 얼굴에

마음속 근심걱정
배설로 끊어내는
시린 볼기짝이 활짝 웃는다.

들어갈 때는 찡그려도
나올 때는 상쾌한 모습

세상을 살아가는 동안
오염된 오욕五慾이
명상冥想으로 해탈되나보다.

비닐우산

길모퉁이 가로등 밑에
비에 젖은 연정戀情 잔해가
속을 드러낸 채 울고 있네.

빗속에 만난 사람
하룻밤 열정은
눈부신 아침 햇살에
이슬처럼 사라지고

언제였던가,
화사하게 몸단장을 하고
사랑의 열매 따려고
온몸을 던졌던 날이.

원망은 해서 무엇하랴
세상인심이 그러한 것을.

부러지고 찢긴 몸으로
먼 하늘 우러러 한숨짓는
가여운 여인이 비바람에 펄럭이네.

제3부

낙화 落花

꽃이 지는 것은
잉태孕胎한 열매를 위한
거룩한 순애인가.

짙은 향기로
벌 나비 유혹하던 사연들은
추억으로 남기고

향긋한 살 냄새 간직한 채
낙화암의 궁녀처럼
서럽게 몸을 던지네

화려했던 지난 세월
아쉬움 속에 묻고
자식 위해 떠나는 어머니 마음

세상에 다시 피어나도
마음 바꾸지 않을 그대 모습이
그렇게 아름답게 보일 수가 없네.

봄비

얼굴 내민 새싹들 세수하라고
보슬비는 온종일
들판을 적시고 있네.

삼동을 견딘 묵은 살결 벗기느라
목련꽃눈도 감나무 새싹도
보슬비에 눈망울 적시고 있네.

싹 틔울 꽃씨 하나 심지 못한
불임不姙의 세월
고통만 담겨 있는 내 마음을 어이할꼬.

씻을 곳이 어찌 마음뿐이랴 마는
봄비로 말끔히 씻어
티 없는 마음속 정원에
어여쁜 꽃들이 피어나게 하리라.

망상해변

파도는
달 밝은 밤을
온몸에 푸른 상처를 내며
밀려왔다 밀려가고

밤새 잠 못 이루어
꿈이 없는 새벽
해 뜨지 않은 어둠
어디선가 비릿한 살 내음

사랑을 꽃피우던
젊은 날의 추억만
희미한 발자국 되어
바람 따라 백사장에 흩날리네.

떠나간 당신의 손은
너무 멀어 잡히지 않고
속절없는 세월
파도만 덩달아 울고 있네.

바다

사랑은 가고
그리움만 남은 곳
꿈속에서 거닐어 보지만

눈 뜨니
파도는 바다의 속살 닦으며
흰 거품만 남기고……

백사장 모래알도
달콤했던 사랑의 사연들을
파도에 실어 보내고 밤새워 운다.

상처 남은 가슴
저 바다에 씻어버리고
아름다운 추억만 간직하라고

수평선 저 너머
그리움만 가득 실은
돛단배 한 척 외로이 멀어져 간다.

할미꽃

무덤가 누렇게 죽어있는
풀잎사이에
홀로 고개 숙여 피어있는 꽃

이른 봄 꽃샘추위 견디는
인고忍苦의 세월을
등 꼬부라져 살아온 생애生涯

피었다 지는 그 짧은 삶을
숭고한 희생인가, 어찌하여
등 굽고 고개 숙인 채 살아야만 했을까.

슬프지만 아름다운 꽃
흰 머리카락 사이로
보일 듯 말 듯한 어머님의 가냘픈 미소.

팽목항에서

푸른 꿈 한 아름 안고
해맑은 웃음으로 재잘거리며
따스한 아침햇살 벗 삼아
아름다운 세상을 꿈꾸던 어린 싹들.

그 꿈 펴지도 못하고
뱃머리는 기울어 의지할 곳 없이
맹골수도 깊은 바다 속
한恨많은 넋이 되고말았네.

비바람 몰아치는 팽목항
흘러간 세월을 안고
성난 파도가 흰 거품을 내뿜는데
영혼의 한숨들만 허공을 맴도는구나.

어둡고 추운 바다에서 통곡하는 영혼이여
향 피우고 촛불 켜 가는 길 밝히리니
이제는 극락정토에서 편히 잠들어라,
내 아이들아! 사랑하는 내 조국의 새싹들아!

미련

마음속 벗할 사람
나 밖에 없다더니
장마철 비 오듯 오락가락

그 이름 새 수첩에
다시 적을까 말까
망설여질 때도 있지만
삶줄보다 질긴 게 인연이라고

쓰면 뱉고 달면 삼키는
인정머리 없는 세상이지만
영원한 우정을
가슴에 동여맨다.

황량한 벌판에
외로이 비바람 맞는
버팀목처럼

인연因緣

노도怒濤처럼 밀려오는 군중
창과 방패도
연막煙幕 속에 녹아드는
총알 없는 전쟁터

어리석은 방종放縱의 깃발을 들고
우리는 서로가 엉키어
태양도 놀라 숨어버린 저녁노을을
미친 듯이 찾아 헤매고 다녔다.

나는 땀에 젖은 전투복속에서
그대는 기세등등한 군중 속에서
오만과 편견을 앞세운 채
악연의 줄로 서로를 묶고 있었다.

세월의 뒤안길에서
끊어진 추억의 술잔을 비울 때마다
무슨 선연이 남아
내 마음을 붉게 물들이는가.

이방인異邦人

문밖을 나서면
낯선 거리

황사바람에
비행기는 날개를 접고
관제탑管制塔 없는 공항엔
적막寂寞이 흐른다.

망나니들의 칼춤으로
휘청거리는 도심都心
허공을 어지럽히는
네온사인만 휘몰아친다.

보내는 아쉬움
기다리는 마음
군중 속으로 숨어도 보지만

나는 여전히
낯선 거리 떠도는
길 잃은 나그네.

양심

분노의 풀을 뽑고
사랑의 싹을 키우며
마음을 가꾸는 정원사

미움이면 문을 닫고
사랑이면 문을 열어
마음을 지켜주는 수문장

조국이 위태롭고
사회의 규범이 무시당해도
이기심만 무성한 이 세상은
중력을 잃고 어둠속에 휘청거린다.

정원사도 문지기도 잠든
세월 속 혼돈의 삶들
구제받지 못한 영혼을 싣고 갈
일회뿐인 양심의 배는
어느 곳에 닻을 내릴 것인가.

너무 먼 길

마을 저편에서
들려오는 어렴풋한 소리
스피드 돔 트랙을 달리는 소리

꼬리를 무는 아우성
그 소리를 따라 가다보면
일확천금의 꿈 앞에 서 있다.

잡힐 듯 잡히지 않는 꿈
애타는 마음은 함성에 묻히고
날려 보낸 한숨소리만 허공을 맴돈다.

생활의 톱니바퀴에 욕망을 매달고
꿈속을 헤매던 날들, 그 꿈이
신기루임을 깨닫기까지는
너무 먼 트랙을 돌고 돌아 왔다.

바닷가에서

석양이 뒷모습만 보이고
사라진 저녁 바다
방파제 저 너머 아스라한 점 하나
별빛을 벗 삼아 등댓불 깜빡거린다.

바다와 하늘이
살 비비며 지새우는 밤
파도는 사랑의 물거품을 뿜어내며
속초항 방파제를 맴돌고 있다.

모닥불 피워놓은 백사장엔
쌍쌍이 목청 돋우어
춤추고 노래하는 젊음
그들과 하나 되고 싶다.

저문 해가 다시 떠오르듯
먼 훗날 아픔을 딛고
당신이 배가 되어 찾아올 때
나는 당신의 등대가 되리.

자두에게

파랗던 소녀의 꿈이
터질 듯 붉게 여물고
속살 숨긴 잎 사이로
살짝 내민 얼굴엔 해맑은 미소

아침이슬 보듬고
따스한 햇볕에 속을 익히며
뜨거운 가슴으로
정열을 불태우는 여인

바라만 보아도 가슴 두근거리던
그대는 멀리 떠나고
달콤했던 맛과 향기만
산 그늘처럼 맴돌고 있다.

뜨거웠던 가슴 식기도 전에
수줍은 웃음 짓다
소리 없이 사라진 그대 찾아
밤마다 꿈속을 헤매고 있다.

바람 1

떠나온 곳도 가야할 곳도
알리지 않은 채
내 곁에 잠시 머물다
제 갈 길을 떠나갔네.

따스한 햇살로 속삭이다가
성난 파도로 울부짖다가
못 다한 사랑 가슴에 안고
수평선 너머로 가버렸네.

언제 다시 내 곁에서
젖은 땀 식혀주고
달콤한 사랑의 노래로
가슴에 쌓인 앙금 풀어주려나.

가는 길이 멀어
알 수 없을지라도
그리움을 앞세우고
천신만고 끝에 더듬어 가리.

바람 2

파도를 밀고와
바닷가 반짝이는
백사장 만들어 내고

새벽을 여는
안개를 벗기고

이슬에 젖은
풀잎 닦아주며
햇님과 정답게 인사를 한다.

어지러운 세상에
우렛소리 몰고 와
허둥대는 인간들 꾸짖고

세상 삼킬 듯한
장대비 앞세워
지상의 만물들에게
회초리로 기를 세워준다.

바람은
신神의 말씀
세상 모든 죄
참회의 눈물로 씻어 내린다.

술

술이란
말이 없던 친구도
닫힌 입 열게 하고
마음 흔들어 놓는 마법사다.

정치판은 개판이고
복지부동하는 공직자는
세금만 축낸다고
울분을 토해내게 하는 정화제다.

취하기 위해 마시는 술
기쁠 때나 슬플 때나
마시면 취하지 않는 술이
어디 있으랴

이 세상도
술잔 위에 휘청거린다.

너는 들었느냐
술잔에서 쏟아지는
민초들의 함성 소리를

취하지 않고는
견딜 수 없는
터질 듯한
저 심장의 고동소리를…

목감천 둑길에서

가로수 잎도
먼 길 떠나버린
목감천 둑길을 홀로 걷는다.

버들가지 늘어진 냇가엔
두루미 한 마리 외로이 서있고
멀리서 들려오는 개 짖는 소리

산발한 억새풀위로
스치는 바람소리에
내 마음은 더욱 공허한데

사랑도 미움도
초겨울 바람에 날려 보내고
시의 종이배를 목감천에 띄워 보낸다.

여름밤의 추억

별이 빛나던 밤에
갑자기 날벼락치고
소낙비 쏟아져

우 두두두 둑 우두둑
양철지붕에서
요란한 소리가 나면

선잠 깬 눈 비비고
낙숫물에 알몸을 던져
묵은 때 다 씻어냈었지.

어둠속
반짝이는 눈동자 속에
심어놓은 푸른 꿈 하나

세월이 흘러
낙엽 지는 날
가슴속에 아직도 반짝이네.

경마장에서

이글거리는 태양아래
흙먼지 사이로 들리는
거친 숨소리

출발선에 결승점까지
혼신의 힘을 다하는
말들의 아름다운 경쟁

경주가 계속 될수록
뜨겁게 달아오르는 열기
관중의 함성이 가득하다.

때로는 황금의 유혹에
중력을 잃고 휘청거리지만
유혹의 사슬 끊어버리고
말처럼 힘차게 달려야하리.

고향 열차

갈 길은 먼데
마음은 벌써 고향집
정든 얼굴 만날 기쁨에
아이처럼 가슴 설렌다.

별들은 하늘에
추억을 새겨놓고
익어가는 벼이삭들이
겸손을 배우고 있다.

동산에 올라
소원 빌었던 둥근달은
오늘밤도
고향 길 밝게 비추고 있다.

고향 열차는
그리움에 목말라
지친 마음 보듬으며
쉬지 않고 밤 새워 달린다.

추석에

헤어졌던 가족 모여
조상님께 차례 지내고
옛 친구 만나면
어린 날이 다시 돌아온다.

뒷산에 단풍
길가에 코스모스
하늘엔 고추잠자리
고향은 한 폭의 오래된 수채화

어렴풋이 퇴색하여도
눈 감으면 또렷이 떠오르는
그립고 보고 싶은
부모형제 동무들 얼굴

한가위 보름달아, 너는
내 간절한 그리움을 담아
모두의 가슴속에 언제나 비추어다오.

제4부

노을

질긴 삶의
발자국을 남겨놓고
저무는 하늘로
또 누군가 떠나고 있는가

저 붉은 노을 속으로
세상 일 다 던져놓고
한 마리 새가 되어
멀리 날아가는가

심장에 뛰던 내 젊음은
어느 새
석양화로 피어나
저녁하늘을 곱게 물들이는가.

밤이 오면 노을은
어둠속으로 사라질 테니
마지막 숨을 거둘 때 까지
태양을 가슴에 품고 살리라.

가을편지

가을은 깊어 가는데
그 사람은 멀리 떠나고
찬바람만 쓸쓸히 옷깃을 스친다.

썼다가 지우고
썼다가 또 지우고……
끝내 쓰지 못했던
말 한마디

세월에 찌들어도
가슴속에 깊은 그리움
단풍으로 곱게 물든다.

한 마리 새가 되어
갈색 추억 입에 물고
창공을 훨훨 날고 싶다고

낙엽만 쌓인 가슴
침묵했던 긴 사연을
바람에 실어 하늘 높이 날리어 본다.

마지막 잎새

미련이 남아
떨고 있는 게 아니다.

여름 건너
가을을 지나노라면
낙엽으로 지고 말 운명이라도

온갖 비바람 이겨낸
푸른 삶
질긴 인연들 세월에 묻고

이 세상
아름다운 추억만 담아가련다.

애착의 고리를 끊고
노을빛 아름다운 절정에
눈빛 마주하며
찬란한 이별을 고하겠노라고

가지에 매달린 채
세상을 향해 외치고 있다.

내 가슴속에는

내 가슴속에는
평생을 보시한 아내가 있습니다.

불구되신 어머니를
이십 년 손발이 되어
밤낮으로 품어준 따뜻한 가슴이 있습니다.

"어떻게 부모님을 모시죠?"
"우리가 슬하에 있으면 됩니다."

선 보는 날
웃음으로 승낙해준
드넓은 도량이었습니다.

단칸방에 살아도
셋째가 왜 부모님을 모시느냐고
불평 한 번 하지 못한 여린 마음입니다.

어머니를 등에 업고 병원 가는 길
만삭인 배를 뒤뚱거리며
속울음 꺼익꺼익 울며 따르던 여인

내 가슴속에는
강물 되어 출렁이는
아내의 눈물이 고여 있습니다.

고속도로에서

차량의 행렬이
꼬리에 꼬리를 문 채 멈추어 있다.

주차장 같은
고속도로 풀릴 길 아득해
길도 지친 듯 까무룩하다.

인생길
살아가는 날들도
막힘의 연속인데
세월은 어찌하여 고속으로 달리는가.

지친 삶이
비틀걸음으로 허둥대다
잠들 날 오면

이 길을 벗어나
도솔천을 거닐 수 있을까?

봉선화

바라만 보아도
얼굴 붉히는
너를 닮고 싶다.

울밑에 고개 숙여
긴 여름날을 견디는
여인의 순정이고 싶다.

임 기다리느라
기린 목이 되어도
그리움만 품에 안은 꽃

떨어진 꽃잎에
붉게 물든 손톱처럼
찢겨진 가슴도, 나도 몰래
분홍빛 연정으로 물들었다.

인생길

길을 걸으면
보이는 것 뒤에 보이지 않는 것
가로등 불빛 저편으로
어두운 뒷골목도 있습니다.

길을 걸으면
들리는 것 뒤에
웃음꽃 피는 뒤쪽으로
피맺힌 울음도 있습니다.

하늘과 땅 사이
간극이 너무도 멀어
메아리는 허공으로 되돌아옵니다.

뒤돌아보면
아픈 추억의 조각들 밟혀오지만
저 언덕 너머에는
희망의 새싹도 자라납니다.

오늘은
달빛마저 숨어버린 암흑이지만
내일은
밝은 태양이 떠오를 예정입니다.

승부역承富驛에서

굽이치는 물결과
속삭이는 바람에 머무는
천혜의 두메산골 승부는
하늘도 세 평 땅도 세 평

봄, 여름, 가을, 겨울
수없이 반복되어도
인적 드문 간이역엔
기적소리만 울고 간다.

함박눈이 밤새 쌓이던 날
산새들도 놀라 잠이 깬 골짜기에
밀려드는 사람의 발자국소리

언제부터인가 이곳은
눈꽃열차의 종착역
향수에 젖은 사람들로 붐비는
시골장터가 되었다.

눈과 함께 뛰노는 아이들과
찬바람에 옷깃을 여미는 노인들
추억 속에 잠긴 사람들은
어지러운 발자국만 남긴 채 떠나고
홀로 서서 오지 않는 열차를 기다린다.

풋사랑

떨어진 땡감 하나
땅바닥에 뒹굴고 있다.

잘 익은 홍시 되어
까치밥 꿈꾸며
긴 날을 견뎌왔는데

쌓아올린 밀어들
은하수로 흐르는 밤

떨어지는 아픔은
빗방울 되어
잎사귀마다 알알이 슬픔으로 맺혔다.

까맣게 가슴을 태우고
비바람에 떨어진
설익은 사랑의 열매

갈증

흩어지는 구름에서
비가 내린다.
여름더위에 찌들어진 숲속에

푸른 상수리나무 잎사귀도
찌는 더위에
몹시도 목이 마른지
쏟아지는 빗방울을 마구 삼킨다.

창가에 머물다 간 구름에서
비가 내린다.
그리움에 갈증 난 내 가슴에

헤어지는 아픔에도
눈물이 없던 마음에
상처가 깊었던지
비에 젖은 추억들을 마구 삼킨다.

비 맞은 숲속은
찌든 잎들에 생기가 도는데
내 가슴은
추억에 젖어도 갈증만 남는다.

어둠 저편에

세상사
지친 삶의 끝자락이
어딘지 아느냐고
어둠이 나에게 묻는다.

어둠 저편
반짝이는 별나라에
살고 싶지 않느냐고
꿈길 찾아와 속삭인다.

그곳은
새들이 노래하고
꽃들이 춤추는
어머니의 하늘나라

그리움이 파도처럼
별빛 함께 몰려와
어둠을 가르며
꿈길에서도 출렁인다.

느티나무

동구 밖
느티나무 한그루

푸른 잎 드리워
비바람 막아내고
한여름 태양빛 받아내어

지나가는 행인에게도
들일에 지친 농부에게도
쉬어가는 그늘이고 보호수였는데…….

사계절이 오가는 동안
무심한 세월만 흘러
늙고 병든 고목古木이 되었네.

자식들 둥지 떠나가고
찾는 이 없는 텅빈 마을
푸른 잎 돋아날 새봄을 기다리며
삭풍 시린 밤 홀로 새우네.

상록수

– 허남교 선생님

늘 푸른 소나무 한그루
곧고 푸른 위용偉容을 자랑하며
마을 한복판에 우뚝 서있다.

비바람 눈보라에 지친 몸으로
어린 싹들 잘 자라도록
거친 땅에 밑거름이 되어주던
젊은 열정은 변함없이 살아있어

새싹들이 튼튼하게 잘 자라
홍수가 날 때 제방을 지키기도 하고
목재로도 요긴하게 쓰이기도 한다고
시냇물이 졸졸졸 귀띔해준다.

올망졸망 일곱 자식
아내와 홀어머니 짐으로 남겨두고
오로지 가난한 농촌 아이들을 위해
야학당에 바친 불타는 향학의 정열

남포등 밑에서 책과 씨름하는
농사일에 지친 아이들이 안쓰러워
흙벽돌을 찍어 학교를 짓던 거친 손
세월에 씻긴 주름살이 연륜으로 남아있다.

네 눈망울에서는

네 눈망울에서는
어른들은 하지 못할
희로애락이 숨김없이
세상 밖으로 흘러나온다.

네 눈망울에서는
시원始原의 옹달샘처럼
갈증을 해소할
맑은 물이 넘쳐흐른다.

네 눈망울에서는
진실 읽는 혜안이 반짝여
부끄러운 내 마음을
엄하게 꾸짖어 준다.

네 눈망울에서는
먼 훗날 거목이 될
어린 꿈의 푸른 싹이
무럭무럭 자라고 있다.

손자에게

"이거 엄마 갖다 주면 좋아하겠지?"
마트에서 사탕을 들고 나오면서 던진
그 말 한마디가 내 가슴을 울리는구나.

갓 피어난 꽃도 황사에 얼룩져
제 빛깔을 잃은 세상에서
네 살짜리 티 없이 맑은 너의 눈망울을
차마 바라볼 수가 없어
돌아선 채 눈가에 맺힌 이슬은
회한悔恨의 눈물이었다.

어릴 적엔 나눌 것 없는 서러움에
젊은 시절엔 사치스런 가난에 방황하느라
어른이 되어선 오욕五慾에 눈이 멀어
자신밖에 몰랐던 삶들이
늦게나마 너를 보고 잘못임을 깨달았단다.

고맙다, 손자야!
세 살 먹은 아이에게 배운다는 옛말이
나를 두고 한 말 같구나.
이제부터라도 개과천선하여
받기보다는 주기를, 미움보다 사랑으로
온몸 가득 채워 보람 있게 살아보리라.

청개구리의 울음

비오는 날이면
청개구리 한 마리
냇가에서 슬피 울고 있습니다.

어미 속 어지간히 썩이다
죽기 전 유언 들어준다고
냇가에 어미무덤 만들어놓고
비가 오면 개골개골 ……

가난도 대를 이었다는
철부지 아들의 원망에
새까맣게 타버린 부모가슴을
생전에는 알지 못하고

부모 세상 떠난 후에야
뒤늦게 깨닫고
후회하며 용서를 빌어도
소용없는 일

어미 무덤 걱정하는
청개구리의 슬픈 울음소리만
빗속의 메아리로
멀리멀리 퍼져갑니다.

슬픈 미소

네 살짜리 철부지 왈曰
"아빠 우리 집에 자주 놀러오세요"
"아빠 집이 여긴데"
"아니야."
"그럼 아빠 집은 어디야?"
"아빠 집은 회사이고 출장이잖아"
"……"
새벽별 보기 운동에 잦은 출장
살기 위해 일하는지
일하기 위해 사는지 헷갈리는 삶
가정을 직장에 상납한 채
가족명단에서도 지워진 아빠가
아들에게 대답 대신 던진 것은
속울음 삼킨 슬픈 미소란다.

후회 後悔

해묵은 책을 뒤적이다가
우연히 책갈피에서 눈에 띈
네잎클로버를 바라본다.

평생 세 번은 온다는
행운을 잡으려고
무진 애를 썼던 꿈이
빛이 바랜 채 잠들어있다.

네잎클로버의 꽃말은 행운
세 잎 클로버는 행복이라는데

널려있는 행복은 보지 못하고
오지 않는 행운을 쫓아
청춘을 부질없이 헤매다가
인생 칠십 강줄기를 떠내려 왔다.

돌아보니
신기루 쫓아 헤맨 세월
뜬구름 잡는 꿈길이었다.

시든 네잎클로버인 줄도 모르고…….

휠체어

걷고 달리는
어지러운 인파人波 사이를
휠체어가 천천히 구르고 있다.

두 손을 합장한 채
한 바퀴 또 한 바퀴
빌딩숲에 오솔길을 내고 있다.

햇볕보다 따가운 시선을
참고 견딘 세월의 굴곡이
바퀴 속에 묻어나지만
그에겐 지친 모습이 없다

고난을 이겨낸
초롱한 눈망울이 빛날 뿐

맑은 시냇물이 흘러가듯
탁한 세상 한가운데로
휠체어가 돌돌돌 흐르고 있다.

여름밤

태양을 삼킨 어둠이
뿜어낸 열기에
온 세상은 수캐처럼
혓바닥을 빼문 채 헐떡거리고

좁은 방안
고장 난 선풍기에선
건망증 심한 바람이
길을 잃고 갈팡질팡한다.

창밖엔 단풍도 들기 전
떨어진 나뭇잎 하나
혼자서 붉게 물들겠다고
갈증도 잊은 채 몸을 말리고

윙윙거리는 모기소리가
선잠을 깨우는 밤
개 짖는 소리 자장가로

흐르는 땀을 베개 삼아
여윈잠을 청한다.

낙엽

싱그럽던 잎맥
계절의 순리 앞에
마른 몸 발아래 내려앉아
오가는 발길에 밟히고 있다.

푸른 잎 단풍들던
가을의 여울목
이웃들에 다 내어주고
아름다운 세상을 회상한다.

파릇한 꿈을 안고 태어나
한여름 뙤약볕도 견디어 왔는데
어느새 계절이 바뀌어
발길에 밟히는 신세가 되었네.

여명을 기다리는 태양이
노을을 남기듯
이대로 흙속에 묻혀
새싹의 밑거름이 될 봄을 기다린다.

작품해설

향토정서와 황혼의 애상

黃松文

(시인, 선문대 명예교수)

도연명은 "세월이 사람을 기다리지 않는다." 했고, 베르길리우스는 "연륜이 모든 것을 빼앗아간다."고 했다. 그는 심지어 마음까지도 빼앗아간다고 하면서 세세연년 제자리에서 끊임없이 맴돈다고 했다. 여기에는 인생에 대한 새로운 해석이 관건이다. 흐르는 세월이라는 시간성의 해석 내지는 의미의 부여다. 박윤신 시인의 시 「인생급행열차」와 「세월이 가면」은 이를 인생과 관련해서 직정으로 표현되어 있다.

인생열차는 쉬지 않고 달린다.

종착역이 가까워질수록
속도는 오히려 높아지고 있다.

삼십대에는 달리고 싶어도
30km로 밖에는 속도를 낼 수가 없었다.

칠십대를 건너니 천천히 걷고 싶어도
70km이상 달리며
제동장치도 점점 말을 듣지 않는다.

낙엽은 바람에 흩날리고
가을은 점점 깊어 가는데
종착역엔 겨울이 기다리고 있다.

엄동이 깊을수록 나무는 옷을 벗고
사람들은 나무 흉내를 낸다.

사제복 입은 까마귀는 저승사자
인간세상을 굽어보며
인생의 간이역에서 지저귀고 있다.

가오가오 가악가악…….

— 「인생급행열차」 전문

　여기에는 황혼의 애상이 깔려있다. 연륜이 깊어질수록 시간
이 빠르게 흐른다는 통설을 적용하고 있다. 후반부는 기다리는
종명終命이 예고되고 있다. 누에가 마지막 집(고치)을 지을 때는
체내의 찌꺼기를 배설하고 투명해지듯이, 엄동이 깊을수록 나
무는 옷을 벗고 청정심으로 돌아가 임종을 맞게 된다는 황혼의
애상이 깔려있다. "사제복 입은 까마귀는 저승사자 / 인간세상
을 굽어보며 / 인생의 간이역에서 지저귀고 있다."가 그것이다.

세월이 강물처럼
흘러간다면
나도 강물처럼 흘러가리.

세월이 새처럼
하늘을 훨훨 날아다닌다면
나도 새처럼 날개를 펼치리.

세월이 석양 속으로 숨어
티끌을 태우면
나도 타오르는 노을이 되리.

내 삶은 하나의 조각배
세월 따라 흐르다가
멈춘 곳에서 고요히 잠 들으리.
― 「세월이 가면」 전문

이 시 역시 앞의 시와 동류다. 앞의 시가 세월 가는 것이 마치 물의 흐름과 같이 흘러가고 다시 돌아오지 않는다는 광음여류光陰如流라든지, 세월이 화살 같이 빨리 지나가고 다시 돌아오지 않는다는 광음여시光陰如矢를 표현했다면, 그 다음의 시 「세월이 가면」은 보다 긍정적으로 아름답게 받아들이고 있다. 마지막 후반부 "세월이 석양 속으로 숨어 / 티끌을 태우면 / 나도 타오르는 노을이 되리. // 내 삶은 하나의 조각배 / 세월 따라 흐르다가 / 멈춘 곳에서 고요히 잠들으리."에 황혼의 애상 끝의 종명終命이 여실히 드러나 있는 작품이다.

세월(연륜)에는 애환의 여울목이 있기 마련이다. 시인에 따라서 세월이라는 시간성은 굴곡이나 진폭의 차이가 있기 마련이다. 박윤신 시인의 치열한 의지의 시 에스프리는 순애殉愛의 정신이라 하겠다. 그의 시에서 관심이 가는 「우덕송(牛德頌」과 「나목(裸木)」을 살펴보고자한다.

　　　　화물차에 실려
　　　　불안한 눈망울로 먼 길 떠난다.

　　　　커다란 덩치 고삐에 끌려
　　　　쟁기 메고 논밭 갈고
　　　　수레를 끌며 짐을 옮기고
　　　　평생을 복종했는데…….

　　　　목에 걸린 워낭
　　　　흔들리는 슬픈 여행길에
　　　　딸랑딸랑, 그 소리는 변함없는데
　　　　끝내 육신이 맡겨질 곳은
　　　　핏빛 붉게 물든 푸줏간 진열대.

　　　　버림받아도
　　　　미움이나 원망도 없이
　　　　서러운 마음 눈물로 씻어내고
　　　　맺힌 슬픔은 되새김질로 삭힌다.

　　　　마지막 살 한 점 뼈 한 마디까지
　　　　모두 내어주고 떠날지라도

언제나 평정심을 잃지 않으며
고난의 십자가를 홀로 지고 간다.
─「우덕송(牛德頌)」 전문

이 시가 내포한 순애의 정신은 다음으로 이어지는 「나목(裸木)」
도 동류라 하겠다. 노역 끝에 살과 뼈를 보시하고 사라져가는 소
의 덕성을 칭송하는 순애의 정신은 엄동설한을 맨몸으로 견디는
'나목'과도 유사하다 하겠다.

소는 동물 중에서 군자요 부처요 인도주의자이며, 성자라고 말
한 이광수는 「牛德頌」에서 다음과 같이 피력했다.

외양간에 홀로 누워서 밤새도록 슬근슬근 새김질을 하는
양은 성인이 천하사를 근심하는 듯하여 좋고, 장난꾼 아이놈
의 손에 고삐를 끌리어서 순순히 걸어가는 모양이 예수께서
십자가를 지고가는 것 같아서 거룩하고, 그가 한 번 성을 낼
때 '으앙' 소리를 지르며 눈을 부릅뜨고 뿔이 부러지는지 머리
가 부수어지는지 모르는 양은 영웅이 천하를 위하여 대로하
는 듯하여 좋다.
─ 이광수의 「牛德頌」에서

박윤신 시인이 이광수의 '우덕송'을 패러디한 것 같지는 않다. 그
러나 이심전심으로 소의 긍정적인 덕목을 활용한 것으로 보인다.

가진 것 다 내려놓고
눈보라치는 엄동을
맨몸으로 견디고 있다.

작품해설 **145**

자식 위해 속살 다 내어주고
푸른 잎새 펄럭이던
여름의 끝자락
위대한 계절을 회상하는 낙으로

찬바람이 가지를 흔들어도
함박눈이 어깨를 짓눌러도
시린 사연은 가슴에 묻어둔 채

여윈 가지에도
푸른 잎 싹틀 날 꿈꾸며
등 시린 긴 밤을 홀로 새운다.

　　　　　　　　　　　－「나목(裸木)」전문

　이 시는 무소유의 소유에서 보람을 찾으려는 작품이라 하겠다. 이 시인에게 '나목'이 특별히 눈에 띄는 까닭은 이 시인에게도 대상적 사물이 지닌 그 요소가 내재되어 있기 때문이다. 주체와 대상, 시인과 사물(나목) 사이에 공통적으로 지니는 동질요소가 없거나 희소(희박)하다면 그 관심의 부재로 인해서 시가 생산될 수 없다. 시작품 창작에 있어서 인식을 가능케 하는 상사성相似性을 간과할 수 없는 소이가 여기에 있다.

　박윤신 시인의 시작품 가운데 정화가 승한 작품으로 「항아리」와 「빨래」가 있다. 그리고 동심어린 「돌탑 조약돌」도 이 범주에 포함되는 성격의 시라 하겠다.

간장이 선(禪)에 들던 날
정화수로 치성 드리던
어머니의 정성이 담긴 장독대에
연화좌(蓮華坐)로 하늘을 우러른다.

볕 좋은 날에는
달여지는 맛 속에 행복을 섞고
달 밝은 밤이면
달빛에 묻은 그리움 함께 삭혔다.

폭풍우가 온 세상을 뒤덮는다 해도
쏟아지는 빗물은
가슴으로 흘려보내고
몰아치는 강풍도 떠나보냈다.

언제 바라보아도
청순 고아한 자태
비어도 슬픔이 고이지 않게
가슴에 늘 허공을 담고 산다.

—「항아리」전문

　이 시는 '항아리'라는 생활문화재가 시어로 살아난 작품이다. 여기에는 향토정서에 토속성과 모성이 살아나고 있다. 여기에서는 간장이 선禪에 든다거나 "언제 바라보아도 / 청순 고아한 자태 / 비어도 슬픔이 고이지 않게 / 가슴에 허공을 담고 산다."는 표현이 '항아리'의 형태의식 내지는 내면의식을 구체적 형상화로 살려내고 있기 때문이다.

욕망으로 얼룩진 생활을
세탁기에 돌려서
세속의 때를 씻어내고

해묵은 원죄까지
모두 헹구어낸 후에
투명한 하늘 밝은 햇볕아래
깨끗한 빨래로 널리고 싶다.

나 어디서나
한 점 부끄럼 없는
하얀 빨래되어
흰 구름 머무는 하늘자락에
평화의 만국기로 나부끼고 싶다.

-「빨래」중 일부

이 시 역시 '항아리'처럼 '빨래'를 통해서 정화를 시도하고 있다.
이 시는 1연에서 욕망에 얼룩진 세속의 때를 씻어내고, 2연에 해
묵은 원죄까지 씻어낸 빨래가 되며, 4연에서는 부끄럼 없는 빨래
가 되어 평화의 만국기로 나부끼고 싶다는 바람을 내비치고 있다.

고갯마루 서낭당 지날 때마다
조약돌 얹어놓고
소원성취를 빌었다
국교도, 명자도, 나도…….

돌무더기엔

수많은 소원이 쌓였다는데
나의 돌은 몇 번째일까.
기다림은 세월에 묻어두고
우리는 뿔뿔이 흩어졌다.

모래성을 쌓고 허무는
인생길을 걷다보면
문득 생각나는 고향,
머리카락까지도 향수에 젖는다.

소꿉친구 그리워
추억의 오솔길을 따라왔더니
오색헝겊 춤추는 서낭당
돌탑의 조약돌들이 나를 반긴다.

                           − 「돌탑 조약돌」 전문

이 시는 순진무구한 동심의 바람이 표현된 작품이다. '돌탑 조
약돌'의 배경은 "오색 헝겊 춤추는 서낭당"으로 되어있다. 향수를
일으켜 스미게 하는 것은 순수한 유소년 시절의 동심이다. 여기에
서는 동심이 시심으로 발동하고 있다. 민속 전래의 성황당 풍경이
색채감각을 살려낸다. 서낭당에서 춤추는 '오색헝겊'이 그것이다.

옛날 옛적부터
하늘을 보지 못하고 살았다.

깊은 땅속을 달리는
전동차 바퀴소리…….

아스팔트 바닥에 얼굴을 묻고
긴긴 세월을
지하에서 살았다.

어둠속을 헤매는
콘크리트에 갇힌 삶
쥐구멍에 볕들 날 기다리며
긴 터널을 뚫며 살았다.

어제도 오늘도 암흑이지만
내일은 광명천지
인생의 새로운 여울목
돌 틈새에 솟아난 풀잎사이로
별이 반짝이고
저 멀리 여명의 끝자락엔
아름다운 세상이 다가오고 있으리.

-「두더지」전문

　태양광선을 향하여 줄기차게 向日(向陽)하는 굴광성식물이 연상되는 시작품이다. 치안유지를 위해서 동분서주하던 공직업무는 이름 없이 빛도 없이 음지에서 양지를 지향하는 성격이라서 오랜 업무에 관습으로 굳어진 내공의 표현으로 보인다. '두더지'의 생리가 바로 그것이다. '두더지'는 음지에 익숙한 동물이다. 여기에서는 도시문명을 구가하는 산업사회의 사물들이 상호 대구를 보이고 있다.

　가령 2연의 '땅속'과 '지하'라든지, 2연의 '아스팔트'와 3연의 '콘크리트', 또 '쥐구멍'과 '터널', 4연의 '암흑'과 '광명'이 그것이다. 이러한 대구는 뜻을 분명하게 하는 데 쓰이는 수법으로서의 장점을 지닌다.

> 캄캄한 땅 속에서
> 빛 볼 날을 꿈꾸며 살아온
> 기나긴 인고의 세월.
>
> 어둠을 비집고 나와
> 우화(羽化)할 때부터, 그는
> 구가하는 축복을 부여받았다.
>
> 생을 마치는 그 순간까지
> 오직 뜨거운 열정으로
> 세상을 향해 당당히 노래하리라.
>
> — 「매미울음」 중 일부

이 시도 '두더지'와 같은 동류에 속한다. 두더지가 음지에서 양지를 지향하는 것처럼, '매미울음'도 음지에서 양지를 지향한다. 지하에서 인고의 세월을 보내다가 재생 부활하는 생명의 찬가를 부른다는 내용이다.

매미는 공기를 마시고 이슬을 머금어 그 덕이 청결한 것으로 전해오고 있다. 이 시인은 매미가 지닌 五德(文, 淸, 廉, 儉, 信) 중에서 淸쪽에 관심을 보이고 있다. 맑은 이슬로 목을 축이며 사는 그 맑음이 안빈낙도의 시심과 통하기 때문이리라.

이외에도 눈길을 끄는 시작품으로 칭송하는 시가 보인다. 부인
을 칭송하는 「당신의 가슴속에는」과 충무공 이순신 장군을 칭송
하는 「울돌목」, 그리고 변월룡 화가를 예찬하는 「연해주 소나무」
가 그것이다.

> 당신의 가슴속에는
> 보살님이 살고 계시나 보오.
> 어쩌는 도리 없이
> 쩔쩔매는 내 모습을
> 금세 환한 미소로 감싸주오.
>
> 부부라는 이름의
> 가슴속 깊이 흐르는
> 긴 세월의 사연들
> 하늘의 별처럼 빛나고
> 저 달도 부러워 기웃거리오.
> 　　　　　　－「당신의 가슴속에는」 중 후반부
>
> 아직 열 두 척 의 배가 있으니
> 나는 죽지 않았노라며
> 죽고자 하면 살고 살고자하면 죽는다는
> 필승의 신념으로 조국을 지키신
> 충무공의 넋이 살아 바다가 울고 있다.
> 　　　　　　　　　　－「울돌목」 중 4연
>
> 연해주에서 레닌그라드로
> 카자흐스탄에서 우즈베키스탄으로

고난의 십자가 짊어진
디아스포라의 삶이었지만
뿌리 혼만은 조국에 묻고 싶었다.

비바람 몰아치는 연해주 언덕에
구부러지고 뒤틀린 몸
꿋꿋하게 홀로 서있다.
　　　　　　　　　－「연해주 소나무」 중 후반부

　이 세 편의 시는 수월하게 이해될 수 있으므로 해설을 요하지
않는다. 이제까지 관심을 끄는 시작품 가운데서 12편을 살펴보았
다. '인생급행열차'라는 시집 제호가 암시하는 바와 같이 그의 시
편들은 주로 '황혼의 애상'과 함께 정제 정화된 '향토정서'와 '순애
의 정서'를 보이고 있다.

　그리고 인고의 세월을 통과한 '재생(부활)'을 표현하고 있다. 시
작품과 관련하여 환언하자면, 「세월이 가면」과 「인생급행열차」,
「우덕송」, 「나목」에서 '황혼의 애상'과 '순애정신'을 보여주는가
하면, 「항아리」, 「빨래」, 「돌탑 조약돌」에서 '향토정서'와 「두더
지」, 「매미울음」 등에서 인고의 세월을 통한 재생(부활)의 원망공
간願望空間을 보여주고 있다.

　지하에서 올라온 매미가 금싸라기 양광 찬란한 자유천지에서
청록청음을 구가하듯이, 경찰서장 출신 박윤신 시인의 시음詩吟
이 그의 참깨 미소처럼 다가오는 듯하다.

박윤신朴潤信

1947년 강원도 영월 출생
충북 제천 고등학교 졸업
1975년 순경임용
경기지방경찰청 연천경찰서장
경북지방경찰청 봉화경찰서장
충북지방경찰청 제천경찰서장
경기지방경찰청 보안(대공)과장
경기지방경찰청 부천 원미경찰서장
2008년 총경 정년퇴직
대통령 표창, 녹조근정훈장
제3회 21세기 한국인상(치안행정부문)

2016년 문학사계 시부문신인상당선으로 등단
자서전 황금비늘을 가진 물고기(2008) 발행

주소; 경기 광명시 너부대로45번 안길4(광명동)
이메일; younsinp@hanmail.net
전화; 010-9387-2156

인생급행 열차

| 초판 1쇄 인쇄일 | | 2017년 7월 16일 |
| 초판 1쇄 발행일 | | 2017년 7월 21일 |

지은이		박윤신
펴낸이		황송문
편집장		김효은
편집 · 디자인		우정민 박재원 문진희
마케팅		정찬용 정구형 정진이
영업관리		한선희 이선건 최인호 최소영
책임편집		우정민
인쇄처		국학인쇄사
펴낸곳		문학사계
배포처		국학자료원 새미(주)

등록일 2005 03 15 제25100-2005-000008호
서울특별시 강동구 성안로 13 (성내동, 현영빌딩 2층)
Tel 442-4623 Fax 6499-3082
www.kookhak.co.kr
kookhak2001@hanmail.net

| ISBN | | 978-89-93768-50-3 *03810 |
| 가격 | | 9,000원 |